松田惟怒
詩文集

海の気

補遺篇

鉱脈社

目次

詩篇

童話篇 49

昔話篇 75

雑篇 87

装幀 榊 あずさ

詩文集　海の気　補遺篇

詩篇

渡し場跡

沖合いに浮かぶ
小島の背後から
ひょっこり
太陽が顔を覗かせると
黄金色に染まった
河口の鉄橋を
一番列車が
ゴットン
　コットン

ゴットン
　コットン
渡って行く

鉄橋の袂の
渡し場跡には
小舟が一艘
砂を被っている
日の出とともに
やって来た
船頭上がりの爺さんが
船底の砂を掻き出し
水棹を扱くと

船縁に腰を下ろして
うまそうに
煙管煙草を燻らせる
爺さんの脳裏に
梅雨晴れの朝
川向こうの村へと
嫁いで行く娘を見送る
知り合いの姿が
モノクロの映像となって
浮かび上がる

プップーッ
警笛を鳴らし

対岸の渡し場跡を
通勤客で
パンパンのバスが
通り過ぎるのを見届けると
「どれ、帰るとするか」と
おもむろに腰を上げる

オッチン
　コッチン
オッチン
　コッチン
爺さんの丸っこい後ろ影が
渡し場跡に続く

グミ原の小道を
ゆっくり
ゆっくり
遠去かって行く

遠足

磯の香の漂う
浜辺に敷かれた
茣蓙《ござ》の上に
子どもと先生が
車座になっている

いつものことだが
先生の両脇には
自慢の弁当を広げた

松子と房江が居て
千恵は
莫蓙の端っこで
俯いたまま
半開きの弁当に
箸を動かしている
にぎり飯を頬ばった
男の子たちが
莫蓙の周りを
ワイワイ
駆け回っている

子どもたちと

この春、島を離れる先生との
別れの遠足の風景が
一枚の写真となって
それぞれの
思い出のアルバムに
収まろうとしている

相席

隣り町から越して来て
間もない頃だった
小学校に上がったばかりの僕が
二人机の端に頬杖を付きながら
ぼんやり黒板の
「うみ」の文字を眺めていると
突然ガタンと机が傾いて
相席の女の子の筆箱が
つーっとこっちへ滑ってきた

そいつを左手で振り払ってやったら
女の子が押し返してきたので
小競り合いになった
間の悪いことに
二人掛けの腰掛の奴まで
ガタン　ゴトンと音を立て
先生に見つかってしまった
「そこのお二人さん。こっちを見て」
霞の空で囀る雲雀のような
優しい先生の声が
頭の上から降ってきた
摑み会ったまま
教壇の先生を見上げると

眼鏡の奥で先生の目が笑っていた
女の子もクスクス笑い出し
小競り合いは休戦となって
先生の弾くオルガンに合わせて
「うみはひろいな　おおきいな……」
と大きな声で歌ったら
「歌が上手いっちゃね」と
女の子が言った
「ありがとう」と
僕は礼を言った
女の子の名前はスミエちゃん
先生は青木先生と言った

ふるさとの春は

隧道の上ん山に
山桜が咲くと
ふるさとに
一足早い春が訪れる
ぽっかぽかの
暖かい春が訪れる

上ん山の山桜が
隧道を潜る車や

眼下の海に舫う釣り舟や
対岸の港で
荷降ろしする貨物船に
「春が来たよ」
と合図を送ると
車の運転手は
ライトを点滅させ
舫い舟の釣り人は
うっとりと山を見上げ
貨物船の船長は
デッキで帽子を振る

隧道の上ん山に

山桜が咲くと
ふるさとの山々は
一斉に笑いだし
海は長閑に歌いだす
ふるさとの海山の
春の饗宴に
麓の神楽場では
昼神楽が舞われ
人々は
大漁と五穀豊穣を祈って
焼酎を酌み交わす

地引き網

からっからに干上がった
カンカン照りの浜に
てんでになべや手じょけを提げた
子ども達が村中から
わんさと繰り出すと
神楽八重に舫った小舟で
振られる白旗を合図に
地引網が始まる
「それ引け　やれ引け

大漁だ　大漁だ
夏日にピチピチ魚が跳ねる
跳ねる魚で大漁の網を
浜ごとごっそり引き上げろ
それ
大漁だ　大漁だ
それ引け　やれ引け」
鍋や手じょけいっぱいの
獲物を楽しみに
子ども達は
声を嗄らして綱を引く

波間に低く

鷗は飛び交い
浜木綿の丘の
出店の軒先に
カキ氷の幟が
揺れている

「それ引け　やれ引け
大漁だ　大漁だ」
「わーい」
「わーい」
浜辺に引き上げられた
網一杯の獲物に
子ども達の歓声が上がる

雲の神様

水平線の雲の上
食いしんぼうの神様は
入道雲の綿菓子を
お昼のおやつに食べました
来る日も来る日もぱくぱくと
綿菓子旨そに食べました
或る日とうとう食べ尽くし
入道雲は消えました

何だかこれじゃ寂しいと
神様いわしを描きました
空一面のいわし雲
ぴちぴち元気に跳ねました
なかなかいいぞ賑やかだ
嬉しくなった神様は
すじ雲一本引きました

帰省

浜木綿の白い花が
似合いの浜辺の駅に
汽笛を鳴らしながら
下りの列車が
滑るように入って来ると
大勢の海水浴客の後から
お盆帰りの親子が
ホームに降り立った
遠い渚の方から吹いてきた

いたずらな浜風に煽《あお》られ
子どもの頭にちょこんと乗っていた
麦わら帽子が飛ばされ
ホームの端の
浜木綿の花の上に
ふんわり被さった
慌てた母親が
摘み上げた途端
帽子の下から
チョウが一匹
フワーと舞い上がり
渚を目指して
ひらひら飛んで行った

「さようなら」
チョウを見送った親子を
「お帰りなさい
　大きくなったね」
金筋帽の駅長さんが
笑顔で迎えた

学び舎

土手のススキが
亜麻色の穂を風に靡かせ
川面にボラが跳ねる
ふるさとの川辺に佇つと
櫨《ハゼ》や椛《モミジ》に彩られた
対岸の番屋までが
どこか妙に気取って見える

山裾の

傾きかけた
木造校舎では
割れガラスが
キラキラ光る教室に
二人掛けの机と椅子
教壇の先生の横には
転校生の女の子と
相席するはめになり
すっかり狼狽してしまった
真っ赤な顔の僕が立っている

こうして眺めていると
子どもの頃の

懐かしい学び舎が
瞼の裏に浮かんでくる

お地蔵さん

学校帰りに
居残り仲間の五人で
決まって寄り道をする
橋の袂の祠には
赤い涎《よだれ》掛《か》けをした
お地蔵さんが
ちょこんと座って居んなさった

川向こうの山の端に

掛かる夕日に
日に日に赤味を増す柿を
「あいつはもう少し」
「こいつはまだまだ」と
品定めをして帰る俺たちを
お地蔵さんは
だまって見て居んなさった

それから何日か経った
ある日
赤い柿の実を
身軽な由っちゃんが
小枝のままへし折って

俺達に寄越《よこ》してくれた
木の上の由ちゃんに
「天辺に旨そうな熟柿があるぞ」
誰かが叫んだとき
「木守り柿はカラスにおやり」
後ろで爺さまの声がした
振り返ると
夕日を浴びた
熟柿顔のお地蔵さんが
にこにこ笑って居んなさった

晩秋

沿道のさるすべりは
あらかた葉を落としたし
つるんつるんの残り柿は
天辺の枝先に真っ赤だし

茜色に染まった上空には
何万のいわし雲が
ぴちぴち跳ねて
お祭り騒ぎのようだ

戻り鰹の豊漁で賑わう港じゃ
父ちゃんのひげ面が笑ってるし
家じゃ母ちゃんが
この秋一番のおめかしをして
父ちゃんの帰りを待ってる

「ヤッホー
今夜は鰹の刺身が
腹いっぱい喰えるぞ
あした天気になーれ」
威勢良く放り投げた
ズックを拾い上げると

おいらは
リレー選手の
自慢の脚で
家を目指して駆け出した

初凪の港

宿舎と隣り合った
研修所の窓辺に佇み
窓の外に広がる
初凪の港の景色に
目を遣る若者達
浅黒い肌に
柔和な顔立ち
笑うとどこか
あどけなさの残る彼らは

去年の暮れに
インドネシアから来た
外国人技能実習生
近海カツオ漁業一本釣りで
漁獲量日本一を支える
頼もしい若者達だ

港に舫う
満艦飾の船団が
彼等を招く
「スラマット　タウン　バルー」
「明けまして　おめでとう」
さあ漕ぎ出そう

黒潮踊る海へ
さあ旅立とう
ロマンの旅へ

初出航の船の
舳先立って
大漁旗を打ち振る
己が姿を眼裏に描き
若者達の心は逸る
若い四肢に
熱い血潮が漲る

潮騒の歌

「元日の朝礼で
門川先生に習った
ハーモニカを吹きなさい」
六年生の二学期の終わりに
担任の先生に告げられ
私は元日の朝礼台に立った

海辺の町の小学校に
門川先生がやって来たのは

私が二年生の時
カーキ色の上着を着た
若い男先生だった
昼休みになると
先生はポケットから
ハーモニカを出して
「故郷」を吹いてくれた
先生の吹くハーモニカの音色は
母の胸に抱かれて聴いた
子守唄のような優しい音だった
「兎追いし　かの山
小鮒釣りし　かの川……」
渚に寄せる漣のように

私の心を満たしてくれる
潮騒の歌だった

五年生の時
転勤で聞けなくなった
先生のハーモニカの音色を
思い浮かべながら吹く私の耳に
その朝も潮騒の歌は聞こえてきた
私は先生の音をなぞりながら
「故郷」を吹いた
ひんやりとした朝の空気が
何故か心地良かった

おしくらまんじゅう

おしくらまんじゅう
押された泣くな
二月逃げ月
春まだ遠い
子どもは風の子
おしくらまんじゅう
それ押せやれ押せ
押し出せ倒せ
弱虫泣き虫

押されて泣くな
悪ん坊聞かん坊
押し出せ倒せ
福は内内　鬼は外
食み出りゃ鬼が食い殺す
悪ん坊聞かん坊
押し出せ倒せ
弱虫泣き虫
押されて泣くな
それ押せやれ押せ
押し出せ倒せ
子どもは風の子
おしくらまんじゅう

二月逃げ月
春まだ遠い
おしくらまんじゅう
押されて泣くな

童話篇

乗合馬車は駆ける

カツ　カツ
ゴト　ゴト
カツ　カツ　カツ
ゴト　ゴト　ゴト
黄金色した稲穂が　風に戦ぐ田んぼの中を、真っ赤な夕日を浴びながら　乗合馬車が駆けて行きます。馬車の周りには、これまた夕日に羽を赤く染めたトンボが、右に左に飛びかっています。
「夕焼け、小焼けの

あかとんぼ
負われて見たのは
いつの日か。」
馬車の窓から　外の景色を眺めながら、女の子が唱歌を口ずさんでいます。女の子の隣では、モンペ姿の母親が手拍子を打ちながら聞いています。
「どうかね。婆ちゃん家の稲刈りは　すんだかね？」
御者のおじさんが、親子の方を振り返って　たずねました。
「爺ちゃんや婆ちゃん、叔母ちゃん達みんなで　朝早くから刈ったので、すんだよ」
「お陰さまで、天気も良くてナア」
親子の返事を聞くと
「そりゃー良かった」

そう言うと　おじさんは、ぐいっと手綱を　引きました。

馬車が、村境のこんもり山の麓に　さしかかった時でした。夕焼け空に　キラリと光る物がありました。おじさんは、

「いかん、敵機だ。床に伏せて！」

と言うと、茂みに馬車を止めました。

母親は、とっさに女の子を引き寄せると、その上に　覆いかぶさりました。

しばらくして　飛行機が、海の向こうへと飛び去って行くと、馬車は終点の海辺の駅をめざして　駆け出しました。

昭和19年（1944年）秋のことでした。

その頃日本は、アメリカやヨーロッパなど　世界中の国々と戦争をしていました。

戦争は日を追って激しくなり、アメリカ軍の飛行機が、こんな田舎にも飛んで来るようになったのでした。

「隣り町の造船所に　爆弾が落とされ、ドック中の船が焼かれた」

「鉄橋を渡っていた　列車が狙われた」

といった話が、この村でも　ささやかれるようになりました。石油資源の乏しい我が国では、村々を走っていたバスに代わって、乗合馬車が走るようになりました。

翌年日本が敗れ、戦争は終わりました。

平和になった村の田んぼ道を、今日も乗合馬車が、お客さんを乗せて走って行きます。

「森かげの　白い道
カタカタと馬車は　駆けるよ
赤い空　青い流れ
ばあやの里は　なつかしいよ」
隣町に出来た、新制高等学校に通う女学生の伸びやかな歌声に、乗り合わせた客は皆　うっとり聞きほれています。
サラサラと、イネの穂先が風に戦《そよ》ぐ田んぼの中の一本道を、
カツ　カツ
ゴト　ゴト
馬車が駆けて行きます。

なかよしベンチ

青空が　ぬけるように　たかい　日ようびの　ごごのことです。

サッちゃんは、おばあちゃんと　こうえんで　あそんだかえりに、おばあちゃんをさそって　町の　としょかんにやってきました。

「こんにちは。」

サッちゃんは、カウンターで　本のかしだしを　していた　ししょさんに　あいさつすると、

「おばあちゃん　こっちよ　こっち。」
と　おばあちゃんの　手をひいて、「こどものへや」に
あんない　しました。だーれもいない　へやは、しーん
と　しずまりかえって　いました。
「ここで　おくつを　ぬぎまーす。」
サッちゃんが　へやの　まえで　くつをぬぐと、おばあ
ちゃんも　サッちゃんの　となりに　ぬいだくつを　おき
ました。
「どうぞ　こちらに　おかけください。」
おばあちゃんは　サッちゃんに　いわれて　四にんがけ
の「なかよしベンチ」に　こしをおろしました。
「あら　なんて　すてきな　ベンチ　なんでしょう。
ゆったりとして、すわりごこちもいいわね。」
おばあちゃんは、そういいながら　ひろいへやを　見ま

わしました。

「こどものへや」の　せのひくい　本だなには、　いろんな　え本が　ならべてありました。

「ほいくえんの　よし子せんせいに　いつも　ここでえ本を　よんでもらってるの。」

サッちゃんの　うれしそうな　かおを　みて、おばあちゃんは、

「じゃあ　きょうは、かわりに　おばあちゃんが　よんで　あげようか。」

と　いいました。

サッちゃんは
「うわーい、おばあちゃん　ありがとう。」

と　いうと、さっそく　本だなから　え本を　かかえてきて、おばあちゃんの　となりに　すわりました。

「これが　わたしの　大すきな　え本よ。」

サッちゃんは、いつも　せんせいに　よんで　もらって　いる　え本を　おばあちゃんに　わたして　いいました。

「じゃー　よむわよ。　どうぞの……。」

おばあちゃんが、ゆっくり　ゆっくり　よみはじめた　そのときです。

まどにさがった　レースの　カーテンを　フワリと　ゆらして、秋かぜが　いいました。

「どうぞ　だって。赤とんぼくん、ぼくたちも　なかまに　いれて　もらおうよ。」

赤とんぼも　大きな　目だまを　くりくり　させながら、

「おもしろそうだね。そうしよう。」

と　いうと、秋かぜと　いっしょに　へやに　はいって　きました。

そして、サッちゃんの　かたに　とまると
「ちょっと　しつれい。ここで　いっしょに　おはなし
を　きかせて　もらえませんか。」
と　セルロイドの　はねを　たたみながら　いいました。
「ええ　いいわよ。　いっしょに　ききましょ。」
と　サッちゃんが　いうと、
「ぼくも　なかまに　いれてね。」
さわやかな　かぜを　へや　いっぱいに　ふきわたらせ
ながら、秋かぜも　いいました。
「どうぞ　ゆっくり　きいてちょうだい。」
おばあちゃんは、にこにこ　しながら　そういうと、お
はなしを　よみはじめました。
うさぎが　いすを　こしらえると、「どうぞのいす」っ

て　なまえを　つけて、のはらに　おいて　おきました。
するど　ろばが　やってきて　もってきた　どんぐりを
かごごと　いすの上に　おいて、木のねっこで　ひるねを
しました。
それから　くまや　きつねや　りすが、はちみつや　や
きたての　ぱんや　くりを、かわるがわる　もってきて、
いすのうえの　ごちそうを　たべると、おれいに　それを
いすの上に　おいて、かえって　いきました。
ひるねから　目を　さました　ろばは、さいごに　やっ
てきた　りすの　おいていった　どんぐりを　見て、ふし
ぎそうな　かおを　しました。

おばあちゃんの　ゆっくりとした　やさしい　よみごえ
に、三人は　すっかり　おはなしに　むちゅうに　なりま

した。
いいえ、三人だけでは　ありません。　おばあちゃんの　よみごえが、さわやかな　秋かぜに　のって　としょかんじゅうに　ながれると
「おや　なんてやさしいこえなんでしょう。」
カウンターの　ししょさんは、かしだしの手をとめて、耳を　すまし　ました。
えつらんコーナーで　しんぶんを　よんでいた　おじいさんは、かけていた　目がねを　ひたいに　のっけると、
「ほほう、なんだか　おもしろそうな　はなしだな。」
と　しんぶんしの　うえに　ほおづえを　ついて　おはなしを　ききました。
がくしゅうしつで　しらべものを　していた　がくせいさんも、ベビーカーを　おしながら　あみものの　本を

さがしていた　おかあさんも、　手をとめて　おばあちゃんの　よみごえに　みみを　かたむけました。
「もりの　どうぶつたちは、おいしいものを　おなかいっぱい　たべて　しあわせそうだね。」
と　秋かぜが　いうと、赤とんぼも
「そう、まるで　しあわせの　ぐるぐるまわしだ。」
と　いいました。
「これで　お　し　ま　い」
そういって　おばあちゃんが　え本を　とじると、としょかんじゅうの　人が　パチ　パチ　パチ　パチと　手をたたきました。
としょかんに　いる　だれもが、　しあわせな　きもちに　つつまれて　いました。
カウンターの　ししょさんは、

「おまちどうさま。」

と　げんきに　かしだしを　はじめました。

「どれ、つづきを　よむと　しようか。」

おじいさんも、ひたいの　メガネを　かけなおすと、しんぶんの　つづきを　よみはじめ　ました。

「おばあちゃん　すてきな　よみきかせを　ありがとう。『どうぞのいす』って、みんなを　しあわせに　してくれる　すてきな　いすね。」

と　サッちゃんは、おばあちゃんに　おれいを　いいました。

「おばあちゃん　サッちゃん　ありがとう。」

秋かぜと　赤とんぼは、ふたりに　おれいを　いうと、まんぞくそうに　そろって　へやを　でていきました。

サッちゃんも　え本を　本だなに　かえすと、おばあち

ゃんと　手を　つないで、かえっていきました。
ふたりが　すわっていた　ベンチには、二つおりにした
お手がみが　おいて　ありました。おれいの　お手がみ
でした。
やさしく　ゆったりとした　おばあちゃんの　よみきか
せ。
秋かぜが　はこんでくれた、すてきなおはなし。
秋の日の　ごごの　としょかんには、とても　しあわせ
な　じかんが、ゆっくり　ゆっくり　ながれて　いました。

タニシの歌

村境いの山のふもとの道を　ぐるりめぐると、小さなひがたがあって、ハマボウの花が水べをきいろに　そめていた。

ひがたにかかる　土ばしの　むこうは、いちめんの田んぼ。　その中を　いっぽん道が　はしっていて、道のおくに　ばあちゃんの家のある　こんもり山が見えた。

「ここまでくれば、もうすこしだ」

しょうたは　右手ににぎりしめたつつを　空高くかかげて、「うーん」とひとつ　せのびした。そして、道わきの

草の上に　こしを　おろすと、これまでのことを　あれこれとふりかえった。

きのうの　学校でのことだ。しょうたが　せきのとなりの　女の子のふでばこに、こっそりいれておいた　バッタが　いきなりとびだし、おどろいた女の子が　大声でなきだした。

「こらーっ　しょうた。またわるさしたな」

いたずらっ子のしょうたは、おこった先生に　ろうかにたたされた。

「しまった。母ちゃんにばれたら　またしかられる」

学校からかえると、おそるおそる　うちの　中に入った。

母ちゃんは　ちゃのまでぬいものをしていた。

「ただいま」

「おかえり」

母ちゃんは、うつむいたまま　そういうと、ぬいものを
つづけている。

「母ちゃん」

「ん？」

「母ちゃん　あんね」

「…　…」

はりしごとの母ちゃんは　ひどくかなしそうなかおを
していた。

「母ちゃんは　ぼくがいたずらしたこと　しってるんだ。

それで　あんなにかなしそうなかおを　しているんだ」

子どもべやにはいると、しょうたは
「母ちゃんごめんよ」

と　なんどもなんども　あやまった。なみだが　あとか

らあとから　ほほをつたってながれた。

でも、けさの母ちゃんは　いつもどおりの　元気な母ちゃんだった。

「行ってきます」

「行ってらっしゃい」

「カチャ　カチャ　カチャ　カチャ」

ふでばこが、せなのランドセルで　はしゃいでいる。

「きょうは　なにかいいこと　ありそうだ」

と、いそいで学校へいくと
「しょうたくん　おめでとう」

朝の会で　にこにこがおの先生が　いった。

きょうしつじゅうの　みんなが、キョトンとした　かおをした。

「しょうたくんのえが、『お母さんの　にがおえコンクール』で　金しょうをとったぞ」

「わーい、おめでとう」

しょうたは、みんなのこえにおされて、先生のまえにたった。

先生は　まるめたしょうじょうを、つつに入れると「おめでとう」とわたしてくれた。

しょうじょうのはいった　つつをもって、「ただいま」と　家にかえると、母ちゃんは　いなかった。

「しょうた　かあちゃんは　おばあちゃんちの　田うえに行ってくるよ」

ちゃのまの　テーブルに、母ちゃんの　書きおきが　あった。

「ばあちゃんちに　行ってみよう」

ランドセルから　つつをとりだすと、しょうたは　家をとびだした。一年生のしょうたの足では、一じかんちかくもかかる　道だ。

「母ちゃん　きっとびっくりするぞ」

しょうたは　かんかんでりの道を　ひっしでかけてきたのだった。

ひといきついたしょうたが、

「ようし　行こう」

と　こしをあげようとしたとき、足もとのみぞに　メダカがいた。おまけにひがたでは、シオマネキが「おいでおいで」と　手まねきをしている。

「ちょっとだけ　あそんでいこう」

と　土手をおりかけたとき、田んぼで　タニシの母ちゃんの　声がした。

「だめだめ　あそんでちゃ。早く行って母ちゃんに、しょうじょうを　見せてあげな」。

しょうたは　まよった。ヒガタのくぼみでは、ザリガニのおや子が　えさを　あさっているし、シオカラトンボもアシのはのさきに　じーっととまったまんまだ。

「えーい。ちょっとなら　かまうもんか」

しょうたは　ヒガタにとびおりると、くつをぬいで　かけだした。

「ここまでおいで」

ピョン　ピョン　ピョーンと、トビハゼがはねて　水たまりにとびこんだ。

そっとちかよると　ザリガニもシオマネキも、サッとすみかに　にげこんだ。

しょうたは　じかんのたつのもわすれて、ヒガタをあちこち　かけまわった。

ふっと　かおを上げたときには、たいようは　西の空にかたむいていた。田んぼのほうから　またタニシの母ちゃんの声が　きこえてきた。

「よい子よい子　いうて、ねむらん子は、びんたに手こぶし　あててやる。

ねむれ　ねむれ　ねこん子。……」

母ちゃんが、小さいころにうたってくれた「細田地方の子守り歌」だった。

しょうたは　きゅうに母ちゃんに　あいたくなった。しょうじょうを見て、よろこぶ母ちゃんのかおが　目にうかんだ。

いそいでくつをはくと　夕日に赤い田んぼの中の　いっ

ぽん道を、しょうたはつつをつかんで　かけだした。

昔話篇

おかりゃんか

秋葉神社の隣には、昔から年中冷たい水を湛えた泉があった。どんなに日照り続きの年でも、一度だって涸れたことのない泉は、村人に大変重宝がられた泉だ。
これは、その泉にまつわるお話。

この泉のある秋葉神社の傍らには、昔高林寺というお寺があった。高林寺は、この辺りを治めておられた飫肥の殿様が、見回りに来られた折にお泊りになる、「お仮《おかり》の宿《やど》」だった。

ある夏の暑い日のこと、見回りに来られたお殿様は、「お仮の宿」横の泉に水汲みに来ていた村人に、水を一杯所望された。村人が手にした柄杓で水を差し出すと殿様は、ごくんごくんと旨そうに召し上がり

「うーむ、甘露甘露。ここの水は、まさしく天下一品じゃ。」と礼を言われた。

殿様に、「天下一の甘露」とのお墨付きを頂戴した泉は、たちまち「天下一旨い泉」と国中の評判になった。

そして、殿様お泊りの「お仮の宿」が「おかりゃんか」と呼ばれるようになると、いつしか泉も「おかりゃんか」と呼ばれるようになった。

「お仮の宿」は、疾うになくなってしまったが、「おかりゃんか」の水は町の人々に、今なお親しまれている。

朝鮮岩

町外れを流れる細田川の橋の傍らに、朝鮮岩という大きな大きな岩があり、岩の根元が亀の姿をしているので、その岩は亀岩とも呼ばれている。

「朝鮮とは縁もゆかりもないこんな所に何故だろう」と、人々が不思議がるこの岩には、次のような言い伝えがある。

昔むかし、大層仲の良い朝鮮の神様と日本の神様があった。

ある日、二人の神様は二つの国を隔てる海の上に大綱を渡して、綱引きをすることになった。

朝鮮の神様は、「私が負けたらここにある大岩と山ほどの宝物をさしあげましょう」と日本の神様に約束して、二人は綱引きを始めた。

二人の神様は「よいしょよいしょ」と、力一杯大綱を引き合った。二人とも力自慢の神様じゃったから、なかなか勝敗がつかず、綱引きは三日三晩続いた。そして四日目の朝、疲れきった朝鮮の神様が「参りました。どうぞ約束の品をお持ち帰り下さい」と言って、日本の神様に宝物を載せた大岩を差し出した。

日本の神様は、龍宮の大亀を呼んで土産物を運ぶようお命じになった。大亀は宝物を載せた大岩を甲羅に積んで、日本に帰った。

夜になって、ようやく日本に辿り着いた大亀は、「今夜はここに泊まって、明日の朝明るくなったら荷物を下ろそう」と、海岸の岩の上で休んだ。

朝になり、あたりを見回した大亀は驚いた。なんと、大亀の周りは辺り一面のこぎりの歯のような大岩が、陸から海へと幾重にも連なっていたのだ。

「こりゃ大変だ。ここは大鬼の洗濯場に違いない。こうしちゃ居れん、捕まったら最期八つ裂きにされてしまう」と、大亀は背中の宝物を放り投げて逃げ出した。そして、何処をどう逃げ回ったか、気が付くとそこは大堂津の浜辺を少し遡《さかのぼ》った、細田川の中ほどだった。疲れきった大亀は、そこで力尽きて死んでしまった。あわれに思った神様は、大亀を岩に変えておしまいになった。

それがほれ、その亀岩じゃ。

人形八重

城山の天辺に西日が掛かると、夕凪の海は深紅に染まり、夕化粧の島々は揃って居住いを正す。

♪灘は夕やけ
小島は小焼け
船は櫓任せ
櫓は腕任せ
エンヤラヤーノ
ヤー

エンヤラヤーノ
ヤー
ギーーッ
ギーー
ギーーッ
ギーー

太助は船底でピチピチ跳ねる獲物に、上機嫌で戻り舟の櫓を漕いでいた。

舟が、岩礁の連なる人形八重に差し掛かろうとした時、

「おや、なんだ？　この重さは」

櫓の先に、普段にはない重圧を感じ、太助は力任せに櫓を漕いだ。

だが櫓は次第に重くなり、仕舞いには押せども引けども、

ビクともしなくなった。

村でも一、二を争う力自慢の太助だが、さすがにくたびれて、とうとう船底にしゃがみ込んでしまった。

しばらくして、急に舟が揺れ出したのに驚いた太助が船縁に目をやると、海面から顔を出した残バラ髪の海坊主が取り付いていて、

「杓をかせ、杓をかせ」

と、太助の足元に転がっている柄杓を指差して迫ってきた。

恐ろしくなった太助が、柄杓を摑んで渡そうとした時、

「お待ちなさい。柄杓を渡してはなりません。それを渡すと、海水を汲み込まれて舟は沈んでしまいます」

人魚の姿をした女神が岩場に現れ、女神はそう言うと、手にした宝貝の口を開いて高々と頭上に翳《かざ》した。

夕日に輝く貝の光に当てられ、面食らったか、海坊主は
「うおーっ」と
ひと声叫んで、海中深く沈んで行った。

やがて辺りには静けさが戻り、穏やかな夕凪の海が、灘一面に広がった。

「神様お助け下さり有難うございました」

太助は手を合わせて礼を言うと、再び戻り舟の櫓を漕いだ。

太助にこの話を聞いた村の人々は、人魚の現れた岩の窪みに神棚を備えて、漁の安全を祈った。

やがてこの話は人魚伝説となって、人々に語り継がれるようになった。


駅前広場の人魚像は「祈りの像」。

像は、海の女神に捧げる「祈りの舞い」を今日も艶やかに舞い続けている。

雑篇

随筆

居残り五人組

「漢字テスト不合格の五人は残って勉強」

こう言い残して、担任の川野先生が教室を出て行くと、

「じゃーね、居残り組さん頑張ってね」

と、合格組の女の子達が、同情とも激励ともつかぬ言葉を掛けて帰って行った。

「いつも居残りばっかりで、つまらん」

膨れっ面の達也が、そう言うのをなだめるように正夫が言った。

「早う終わらせて、裏山の小川で魚獲りしようや」

「山学校か。そいつは楽しいぞ」

「そうじゃ。早う勉強を終わらせよう」

居残りの面々は口々にそう言うと、俄然「やる気」にスイッチが入ったのか、皆夢中でノートに鉛筆を走らせた。

「終わった！」

最後の毅が、漢字ノートを教卓に放り投げるのを見届けて、皆は教室を抜け出した。

小川で小鮒を見付けると、五人が五人素足で水に浸かり、夢中で獲物を追いかけた。

どれくらい経ったろうか、学校の裏門で用務員さんの声がした。

「いつまで遊んじょっとか、もうじき五時のサイレンが鳴るぞ。早う帰らにゃ」

「やっべえ。夕方には父ちゃんの船が戻って来るのを忘れてた」

そう言うと、毅が真っ先に教室目掛けて駆け出した。

「あっ、俺ん父ちゃんもそうじゃった」

「帰ろ、帰ろ」

残りの四人も山を降りると、ランドセルを背に教室を飛び出した。

カツオ漁師の家では、船が帰って来ると母親は港で荷揚げの加勢をし、子ども達は配当のカツオを持ち帰るのが慣わしだった。だから迎えに行くのが遅れようものなら、

「今日も居残りか。父ちゃんが帰って来る日にゃ、先生に暇もろて早う帰って来にゃ」

と、母にこっぴどく怒られた。

デッカイ大判カツオを提げて帰るのは、子どもの自分には一苦労だった。右手左手と交互に持ち替えながら帰った。

家に帰りつくと、空の三合瓶を提げ、片手に母ちゃんに渡された小銭を握りしめて酒屋に行った。行きも帰りも、クラスの女の子に見られんように、裏道を通った。

帰り着くと父が風呂場で汗を流していた。浅黒く逞しい父の背中を、石鹸を塗った糸瓜束子でゴシゴシ擦った。汗とも油ともつかぬドロドロの汁が父の背を伝って流れた。

「おまえには、こんな苦労は掛けさせたくない」「一人息子のおまえに、漁師はさせられん」が父の口癖だった。居残り仲間は中学を出るとカツオ船に乗ったが、自分は父の命に従って高校に通った。

あれから六十年余り、親達は疾うに亡くなり、あの頃の仲間も皆現役を退いた。カツオ船の船主になった者も、裸一貫カツオ漁師を貫いた者も、俺みたいに公務員で終わった者も、今じゃ皆年金暮らしだ。

たまに町なかで会ったりすると、決まって「また近い内に一杯やろう」と別れはするが五人揃って飲んだことなど、還暦同窓会以来一度もない。

元気な内に、居残り五人組で一杯やりながら、「山学校」の思い出話などしたいものだ。

そう言えば、先日港の広場に車を止めてブラブラしていると、停泊中のカツオ船から降りて来た浅黒く精悍な顔つきの若者が、

「コンニチハ　イイテンキデスネ」と声を掛けて行った。「こんにちは」と、咄嗟に返事をしはしたが、何とも爽やかな若者だった。若者はインドネシアから来た漁業実習生で、同級生の持ち船のカツオ船「第三神徳丸」の乗組員。

先年、日本農業遺産に認定された「カツオ一本釣り漁業」

の貴重な担い手だ。

むかしお盆休みに会った、新米船員の日焼けした姿を思い出した。僅かの間にすっかり逞しくなって「俺は月十万取りじゃ。学校の先生より稼ぎが良いっちゃぞ」と胸を張った山学校仲間の姿が、何とも眩しかった。

歌謡

大堂津　大漁節

ハー　エンヤコラセー
エー　エンヤコラセー
ここは大堂津　向かいは大島
灘に並ぶは　七つ八重

ハー　エンヤコラセー
エー　エンヤコラセー
大堂津港にゃ　カツオが揚がるヨー
揚がるカツオの　粋の良さ

ハー　エンヤコラセー
エー　エンヤコラセー
カツオ漁なら　一本釣りよ
腕に自慢の　男意気

ハー　エンヤコラセー
エー　エンヤコラセー
沖の波座に　カツオが跳ねりゃよ
親爺譲りの　血が騒ぐ

ハー　エンヤコラセー
エー　エンヤコラセー
今日も大漁じゃ　船足ゃ遅いよ

逸る思いの　帰り船

ハー　エンヤコラセー
エー　エンヤコラセー
大堂津港にゃ　妻子《つまこ》が待つよ
やんややんやの　船迎え

ハー　エンヤコラセー
エー　エンヤコラセー
ハー　エンヤコラセー
エー　エンヤコラセー

カルタ

『大堂津ふるさとカルタ』

あ　青い空　夢も広がる　太平洋
い　猪崎鼻　日本の誕生　知る岬
う　内門の　見立て細工の　宵祭り
え　駅前に　溢れた海の　お客さん
お　大鬼の　兜か浜の　カブラ八重
か　神々の　綱引き土産　朝鮮岩
き　気持ち良い　貝殻ステージ　海の風
く　国守る　見張りの城山　砦跡
け　ケン　ケン　パー　友と遊んだ　帰り道

こ　こんこんと　湧く旨い水　おかりゃんか

さ　「さようなら」　お別れ遠足　春の浜

し　潮風に　ほし鰯《か》の香る　防波堤

す　相撲場で　負けるもんかと　ハッケヨイ

せ　先生と　一緒に写った　記念写真

そ　「そら行くぞ」　夏だ水着だ　海水浴

た　大漁旗　負けるな赤白　運動会

ち　ちまき食べ　柱の傷も　伸びた朝

つ　爪先で　ちょこんと冬の　足洗い

て　鉄橋を　渡る『海幸　山幸号』

と　トンボ取り　たもで掬った　鬼ヤンマ

な　夏の浜　みんなで引いた　地引網

に　入学式　学校中の　花飾り

ぬ　濡れ鼠　傘を忘れた　帰り道

の　残り組　こっそり抜け出す　裏の山
は　箱庭の　ような我が町　港町
ひ　人々の　幸せ祈る　乙女像
ふ　故郷の　山は番屋か　お城山
へ　平和こそ　大事と墓地の忠霊塔
ほ　帆を張って　白いヨットが　走る海
ま　負かされて　泣いて帰った　草相撲
み　御仏に　甘茶を掛けた　花祭り
む　昔から　あった蔵元　浜の町
め　メジロ取り　ヒヨの罠掛け　冬の山
も　「もういいかい」　お宮の庭の　かくれんぼ
や　「やっつけろ」　陣取り合戦　砂団子
ゆ　行く年の　夜空に響く　除夜の鐘
よ　夜の海　灯台明かり　船守る

ら　ランドセル　うきうき入学　一年生

り　流暢な　話し言葉の　実習生

れ　蓮華草　花簪《かんざし》の　女の子

ろ　蠟燭《ろうそく》の　明かり台風　暗い夜

わ　笑い声　いつも溢れて　いる我が家

を　お神酒《みき》上げ　大漁祈った　春神楽

ん　「うん　これぞ」　自慢の故郷　大堂津

［初出一覧］

詩篇

渡し場跡 （未発表）
遠足 （海の気）
相席 （続 海の気）
ふるさとの春は （続 海の気）
地引き網 （未発表）
雲の神様 （海の気）
帰省 （続 海の気）
学び舎 （海の気）
お地蔵さん （続 海の気）
晩秋 （続 海の気）
初凪の港 （海の気）
潮騒の歌 （続 海の気）
おしくらまんじゅう （海の気）

童話篇

乗合馬車は駆ける　（「埋火」No.107　原題　乗合馬車の歌）

なかよしベンチ　（「埋火」No.105）

タニシの歌　（「埋火」No.106）

昔話篇

おかりゃんか　（未発表）

朝鮮岩　（「埋火」No.108）

人形八重　（未発表）

雑篇

随筆　居残り五人組　（未発表）

歌謡　大堂津　大漁節　（続　海の気）

カルタ　『大堂津ふるさとカルタ』　（未発表）

あとがき

四編目の上梓となる本書には、第一詩集『海の気』（2017年発行）と第二詩集『続・海の気』（2020年発行）、第三詩集『海の気』結篇（2021年発行）の三編の詩集で成し得なかった「故郷讃歌の本」作りの思いに迫るべく、大堂津に題材を採った作品をより多く収録した。

　昭和20年、先の大戦に破れた日本が、「奇跡の復興」と称される経済再建に国を挙げて邁進した時代、大人達の汗塗れになって働く姿を横目に、私は友達と野山を駆け回っていた。

　貧乏が当たり前の時代、たまに手にする小遣いの十円は週に一度、三嶋神社の境内で見る紙芝居の代金に消えた。空腹の足しとなったのは、夏は港の堤防に干してある干し鰯《か》、冬は山の熟柿やアケビだった。

　空き腹を抱えながら駆け回った野山は、丈夫な足腰に鍛えてくれた。数々の思い出は、今こうして筆を走らせる、執筆の材料として文字に生まれ変わる。書くに困らぬ豊かな体験、いや汲めども尽きぬおかりゃんかの泉だ。

惜しむらくは、貧しい文才。遊びで蓄えた材料が、思うように書き表せぬもどかしさ。これも勉強を放ったらかしにして、遊び呆けた報いか。悔いは尽きぬが、稚拙な文章をここまで目を通して頂いた貴方（貴女）に、心よりお礼を申し上げたい。

令和五年初秋

松田　惟怒

松田惟怒（まつだ　これのり）

1943（昭18）年　宮崎県日南市大堂津 生

所属　「埋火」

著書：『詩集 海の気』（2017年 鉱脈社）
『詩集 続・海の気』（2020年 鉱脈社）
『詩集 海の気　結篇』（2021年 鉱脈社）

現在所
〒889-3204　日南市南郷町中村乙 3778-2

詩文集 海の気 補遺篇

二〇二三年九月十九日 初版印刷
二〇二三年九月三十日 初版発行

著者 松田惟怒 ©

発行者 川口敦己

発行所 鉱脈社
〒八八〇－八五五一
宮崎市田代町二六三番地
電話 〇九八五－二五－一七五八

印刷 製本 有限会社 鉱脈社